三天过完十六岁

晓 角 著

作家出版社

策划：徐　峙
责编：李　娜
装帧设计：纸方程·于文妍

晓角，诗人。本名李华，2003年8月生于内蒙古乌兰察布，因家庭缘故未能上学，受外公等人帮助及自学识字。内蒙古作家协会会员。作品发表于《人民文学》《诗刊》《中国校园文学》《草原》等。

图 / 田东明

我在月亮下喜欢你

图 / 空西瓜

我活到了母亲年轻的时候

图 / 申青子

其实我也很蓝
蓝到可以发芽
可以结籽

图 / 晚点的子狸

草地上只留下自己
和细细的
似敞的年轮
在着孩子的陪伴下返老还童
还居一生

亲爱的，春天来临
燕子寻找新枝

图 / 杨　博

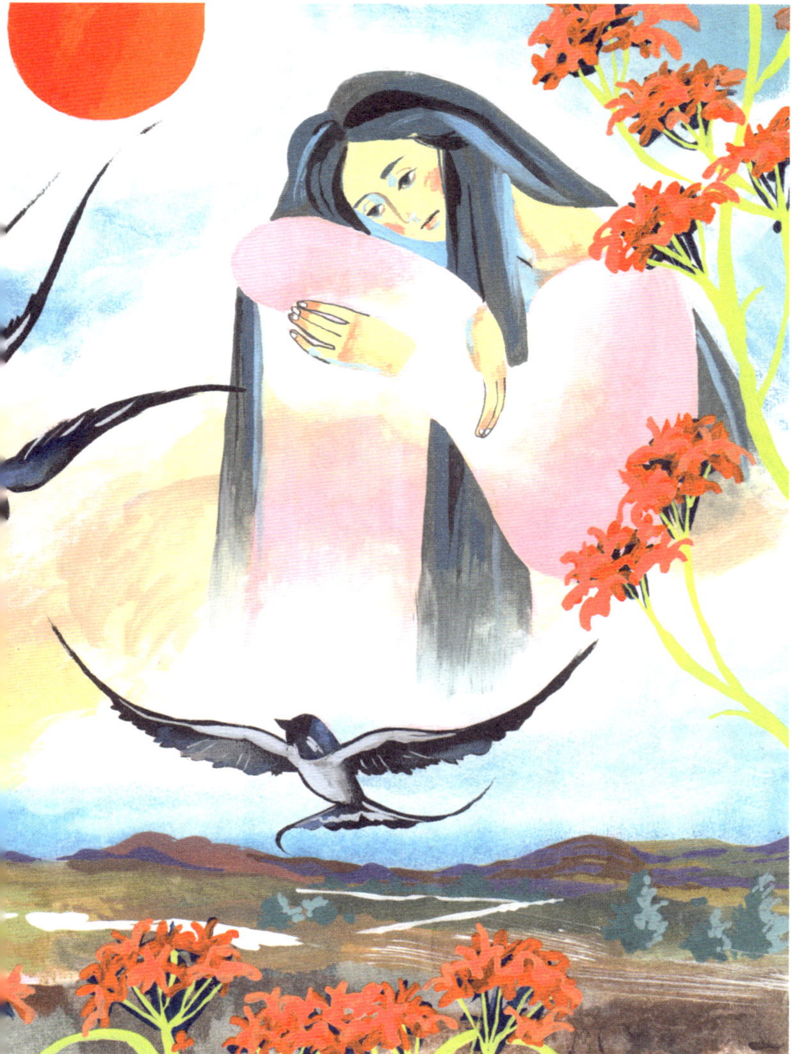

图 / 东山旭

你可以躺在青草上
讲讲你的一生
我想听

目 录

序

001 "也是冬天,也是春天" / 霍俊明

第一辑　三天过完十六岁

003 苦菜

004 在河边

005 纪念玉米

006 下午的大风

007 午后

009 那些女人们

011 山羊

012 年后

013 守望家园

014 乌有雪

015 大伯

016 外婆

017 三天过完十六岁

019 回乡

020 多么美丽的日子

021 一块润肤油

022 深秋

023 飞行

024 嫁妆

026 深秋落日

027 秋露

028 一个爱人

030 公交车

031 华服

032 夜里在下雨

033 蝌蚪

034 晚安

035 马

036 阿姐谣

038 点地梅
039 我要永远对你施展魔法
041 等个什么呼唤我

第二辑 我活到了母亲年轻的时候

045 我活到了母亲年轻的时候
047 青春
048 攒人生
049 八年级
050 夜
051 写诗
052 一些女生
053 沙棘树
054 狼毒花
055 无题
056 寂寞的生活
057 我永远想念你们

058　厌食

059　夜里，春天的树梢

060　长白头发

061　某个深夜

062　胡麻花

063　肥皂

064　金盏盏

065　土豆城的公告

066　诗天子

067　春天来临

068　回忆一个雨夜

069　春日之草

070　梦到春天

072　初恋

074　母亲于我

076　我秋天的村庄

079　青蛙诗

第三辑　月亮让她想起外婆

085　大伯赶羊走了

086　夜空记

087　冬树

088　一个少女的冬天

090　乡村婚礼

091　给我十六岁的白发

092　秋之夜

094　找　路

095　一些片段

098　慢

099　迦楼罗

101　牛肉罐头

102　我见过的两个女生

103　沙尘暴

104　夜雪

105　王玉娥

106　人群

107 周围

108 卜洛克

109 无题

110 路灯下

111 偶然在纳兰词里翻到了自己的名字

112 缩

113 炉子

114 改变

115 书架

116 雕塑

117 我在月亮下喜欢你

118 止痛片里充满过去

119 风中的日子

120 奶奶

121 记忆深处的诗

122 破土的日子

123 我妈妈比我大三十七岁

124 立春

第四辑 也是冬天，也是春天

127　狼毒花开

128　初雪

129　春节之前

130　春天，下雪了

131　雪夜

132　逆流

133　惊蛰

134　木头人

135　雾

136　大寒

137　入伏

138　秋天的一天

139　能飞的花朵

140　车回笼

141　冻死的花

142　端午节的粽子

143　口琴

144 秋寒

145 游荡

146 爱人

147 夜间诗

148 等

149 夜行

150 和和

151 黑暗里听寂静

152 新年之前

153 向日葵

154 一点点联想

155 冰雹后的深夜

156 南方

157 在夜里十点

158 姐姐

159 日子

160 立秋

161 冷

162 雨天

163　雪中曲

164　十七岁的农村少女

165　腊月二十七

166　闰年

167　春天的大雪

168　春天真好

169　爱春天

附录

170　失去的与赢得的 / 霍俊明

175　不愿被自己遗忘的人生 / 晓　角

179　我和我的未来 / 晓　角

182　思考自己的时候 / 晓　角

后记

185　后来的事 / 晓　角

序

"也是冬天,也是春天"
——序晓角诗集

文 / 霍俊明

四年前的六月,晓角的诗第一次登上《中国校园文学》。那时她十七岁,还生活在冰窖和寒冬之中。我在为她的组诗《一个少女的冬天》所写的评论《失去的与赢得的——关于晓角的"诗与生活"》中强调了一个人的阅读、写作与生活之间的特殊对应、转化关系。殊为难得的是,生活的不幸在她这里转化为求真意志以及诗歌的动力机制。质言之,诗歌对晓角而言意味着"精神支柱"和"第二生命"般的作用。

晓角的诗歌写作印证了一个事实。如果说诗歌是一种特殊形态的精神生活的话,它实则是在帮助我们补充、修正、拓展日常生活的局限与缺失。

四年过去了，晓角即将出版她人生的第一部诗集《三天过完十六岁》。我最为关注的当然是四年时间里，她的诗歌到底发生了什么样的变化。

整本诗集分为"三天过完十六岁""我活到了母亲年轻的时候""月亮让她想起外婆""也是冬天，也是春天"四个小辑，从中我们已然能够大体感受到晓角的生活经历以及相应的诗歌视角、精神境遇。我很喜欢这句"也是冬天，也是春天"，物理时间、自然环境会因为个体主体性的选择和参与而发生情感、经验以及想象层面的变化。无论是诗歌写作还是人生淬炼，我们总是处于被动选择甚至抉择之中，而一个人的态度、意志、世界观以及方法论实则起到了非常重要的作用。

对于出生于畸形家庭且充满戾气环境的晓角而言，诗歌拯救了她。与此同时，极端的环境，极端的时刻，极端的心情，它们最终以极其残酷的形式锤炼了一个人的心智和意志。语言和灵感到来那一刻，现实的残酷已经不是那么重要了。

诗集开篇的《苦菜》将我们的视野再次拉回到乡土世界，弯腰捡拾苦菜的母亲让我们感受到了破碎已久的土地伦理，感受到了前现代性的时间场景。这一类似于过去时的乡土场景、动作、人物，在城市化的时代显得如此恍惚而陌生。然而，这就是晓角以及她家族的生存背景，这也自然成为她诗歌的精神境遇。由此，她成为回溯者、擦拭者以及回乡者、冥想者、反刍者。

值得注意的是，晓角总是有意或无意地将母亲、外婆以及自己这些女性作为第一视角，以土地、乡村、城镇为背景的女性家族谱系在她的诗歌中成为最显豁的精神存在或命运事实。这是属于女性的乡土时间，晓角将她们置放于现实和回溯融合的精神视点之上并予以反复掂量、问询、磋商，"我走在她的一条条山路上 / 从春到夏 / 用指头敲响每个 / 遇到的石头 / 和那些 / 村庄赶来收留我的时间 / 我走得很安分 / 一步一步 / 尽量不回看那些 / 过去的 / 田野 / 露水，和母亲的耳朵 / 只是我每天长大一点时 / 天空就会 / 下起雪来"（《外婆》）。

四年来，晓角的诗越来越笃定，起步阶段的那些藤蔓和多余的枝丫被她剪掉了，在朴素、干净的叙说中显现出水落石出般的质地。就像《午后》这样的诗，村子里几棵被伐倒的大树成为乡土视域中的"精神事件"。晓角总是能够在那些细小、幽微甚至琐屑的日常生活细节中发现、发掘生活本来的面目,即使有变数、疼痛,她也不事张扬,而是尽量还原出精神意义上的现实和真实,"父亲说 / 把旧炉子烧掉 / 要不然该怎么找到 / 铁锈底下 / 还没发育的生活"(《年后》)。这样的诗,已经接近于"寓言",所以一个如此年轻的诗人才会说出"只有母亲在等她 / 一本日记 / 在她面前 / 草纸般应和深秋 / 白发,黑发,都在草里"这样意味深长而又饱经沧桑般的诗句。

晓角的很多诗已然带有自白、独语的质地,她既是对自我说话,也是对时间说话,对命运说话。显然,晓角是早熟的诗人,她被寥廓草原、乡土的暮色、秋风以及冬雪过早地锻打、淬炼过了。一个女孩,在冬天长大。极其难得的是,坚定、韧性、淡然使得晓角没有成为肤浅的抒情主义者或痛苦的怨尤主义者。她只是看见事实,说出事实,当然诗歌中的事实显然已经不同于物化的现实了,这是诗人予以选择、渗透、变形、提升、整合之后的"文本事实"。

晓角的诗总是让我们在四季轮回中看到那些几乎

静止不动的感人瞬间，看到那些几乎看不到面孔的平凡人的肖像，看到一个审慎而又精细、多思的勘问者。显然，这是一个人对环境予以长期盘桓、凝视的结果，由此那些纹理、细节、内里以及草灰蛇线才会真实不虚地袒露出来，这些物象才会转化为不可替代的心象以及精神肖像。就如北方草原上那些灰暗而晦涩的山羊，它们的叫声在诗人听起来倒像是孩子的啼哭。

平心而论，四年来晓角的诗歌给我们带来了足够多的惊喜，她已经由一个学习写诗的人成长为真正意义上的"诗人"了，相信她今后的诗歌空间会越来越大。更为重要的是，诗歌给她带来了另一个精神空间的人生，每一首诗都是晓角的化身、替身，她也在诗中获得重生。"也是冬天，也是春天。"无论如何，我要祝福晓角，祝福诗歌，祝福岁月要厚待每一个生活在冬天的人！

2024年8月于北京

霍俊明，诗人、批评家、《诗刊》社副主编。

第一辑

三天过完十六岁

苦菜

妈老了
她弯下腰
戴起蓝头巾
我陪她走在田里
春天
那些年老的草根
在脚下挪动
妈有时会像我一样看看
远处的天
然后抖抖手里的苦菜根
像抖着一把
村里的小路

在河边

在河边一直走
不回家
灰色小鱼们
我腐烂的鞋子
一直走
我伸潮湿的手
捂住河的眼睛

一直走
不再有人来找我
我的回忆
藏在一滴雨里看天空

纪念玉米

天亮前玉米冻白了
满地月光
还有人在剥它们
像从水底
捞木讷的鱼
我依稀记得
夜里坐在驴车上
沉默着穿过桥洞
有火车走过头顶
有月亮走过头顶

下午的大风

夏天年轻
风很大
树叶摇来摇去
很绿
好像要,掉下来
早晨的街上
孩子们越过我走向学校
穿着制服
背包背满规定
而此刻我一个人在家
大风天
考虑要不要写信

午后

坐在青草长出的土路上
独自
春天在跟前奔跑
是个孩子
他嬉笑着,玩手指和新生的花朵
像所有孩子那样不懂事

坐在青草长出的土路上
久久不动
太阳是明亮的
很大
村里的几个女人坐在河岸边
谈论着青春与收成

亲爱的人
春天是个好孩子
他穿着粗布衣服
他很勤俭
阳光每天

为他梳洗双手和头发

远方的人
村里发生了件大事
我想我有必要告诉你
几棵大树,参天的那种
在上个星期日午后
被伐走了
一生的岁月被偷尽
就像,父母
草地上只留下自己
和细细的
幼嫩的年轮
在春孩子的陪伴下返老还童
环顾一生

那些女人们

初春,那些女人们
坐在小城的巷口
新布作帽
软语融融
谈论着
时蔬与年龄

太阳照在她们脸上
让她们想起
十多年前的早春
中午
用铁器砍向玉米根须
劳碌
欢笑
谈论儿女
谁家儿子结了婚
谁家女儿走出了山门

偶尔累了
吞一颗止痛片

那些女人们
从不顾念青春

山羊

山羊是假的
一半长出山石
一半滋养羊圈
没有人，可以彻底获得它们
自懂事起
这些东西就从不鲜活
在落日下，也灰暗而晦涩
你站在它面前
就会知道
山羊叫声，类于孩啼

年后

他应该是忘了
忘了,那
被新年梳理的
十七岁的白发
和安稳排放在家乡地窖里的
两麻袋木头
或者月亮
新年,鞭炮齐鸣
他和它们歌唱日子
吓唬村庄
和地里的玉米茬儿
春天准该要放一场火
父亲说
把旧炉子烧掉
要不然该怎么找到
铁锈底下
还没发育的生活

守望家园

这个夜晚
村子长在薄雾里
我们住在村子里
往前走一步
月亮就跟着走一步

乌有雪

落满
白色,小路空旷
落满,自由
一位雪人堆着他的失眠
用整个上午
等待飞走
于是就飞走了
白的笑声
雪花,游在天空的
彩色大鱼

大伯

我在村里时
他回家很晚
他站在门口
喊一些羊

我离开村里后
他回家还是很晚
他站在路口
喊那些山

外婆

我走在她的一条条山路上
从春到夏
用指头敲响每个
遇到的石头
和那些
村庄赶来收留我的时间
我走得很安分
一步一步
尽量不回看那些
过去的
田野
露水,和母亲的耳朵
只是我每长大一点时
天空就会
下起雪来

三天过完十六岁

我看过荒草
于是我是冬天
我路过村庄
所以我只能成为飞鸟
三天，一天寄给母亲
做成布
去让她擦洗自己走失多年的白发
一天送给父亲
烧成夕阳
让这个老农提前一时辰走完六条沟的山路
最后一天
……
这最后一天
我请来草原、荒山、野花、骏马
和锡林河
她在酒杯中倒下，目击几只麻雀飞走
并与猎人无关
我是路上的长生天
一步出生

一步死亡

一步彷徨

回乡

种子里漏出一颗草籽儿
托福,农忙,没人发现
路上小心,县城是卷大毛巾
擦每一辆车
粗鲁而干净

只有母亲在等她
一本日记
在她面前
草纸般应和深秋
白发,黑发,都在草里

多么美丽的日子

住在城里的雨水在秋天出门
街道长好了近三年的伤疤
我们打伞
雨里多出几朵花
我们回家
不把痕迹留下

一块润肤油

那么小、暖、白、香
在冬天
正如一段糖
雪落到本质应该也是这样
整天躺在柜台上
柔润的脸,牙
双眼,不曾接触
谁手心里的土地
打着呼噜
听窗外在四分五裂
当你凑近它
(我那时也喜欢这样)
就会发现在冬天
它居然甜得长着苔藓

深秋

深秋伸灰色的手
在水中
冲刷,冲刷
我们醒来,目睹
蓝色一点点碎掉
早上六点
从天空,掉落
街上没有人
隔壁的孩子
这个季节开始
学习说话
和用布扎花朵
深秋坐在水边
河水逐渐拥有它灰色的手
他学会说话
跑掉

飞行

飞行途中
我小小的故乡
藏在羽毛后
云层寒冷
小小故乡
轻轻颠簸
落下清雪
终点在哪里
没有脚的鸟儿
飞行
星光出来了
太阳回去了

嫁妆

两个红柜子
村庄送给
两个女人的嫁妆

很多年
她们手拉手
并排而立
在老家温暖的墙角里
春天的喜床前
在孩子甜美的掌心

岁月是米面
充实了如水的日子
故而她们微笑沉默
回忆是大红的油漆
春天讲述收成
故而她们不谈论青春

两个红柜子

年久失修
又因为攒下了岁月而历久弥新
多年里
在她们身下
住着蜘蛛，蚂蚁，小鼠，孩子的月亮和小小王国
于是深夜里
她们为这一切啾啾谈笑
声音很轻

两个红柜子
装满了粮食
装满了美意
她们是两个女人的
嫁妆

深秋落日

只有在这时的天气里
我们的骨节才会感受农具
从而,思及未来
一条路
村庄和城市牵着的腰带
收获时,碾过玉米,麦子,头巾和倦容
而
蒲公英总在深秋哺育土地
父亲走了,一座土屋就走了
连同驴车和农具
一步一步
吱吱呀呀
房梁和门楣
骨节酸痛
寒风就和头疼一起袭击了她
那时候我们坐在炕上
总会想起冬天
像深秋那样想
一牵一牵地想

秋露

窗台下
秋天轻轻啜泣
虫子跳过砖石
用翅膀
抚摸露水
走在前面的日子
连血液都劳累
我要在冬天来临前挖一个地洞
我要在雨水熄灭前躲进自己的心

一个爱人

直到今天
直到——后来
我仍可以看他,随时
就像看那枚戒指
每半个月用洗银水洗一次
一直保持
白而脆弱
随时看
他留下的一切
——病人所有对于死亡的直觉
回忆青春,噩梦与美梦
喜不喜欢毕飞宇和布考斯基?
我们相互而生,也相背
如南方北方
某一年的腊八节
他写了一段话
为食物起名,红尘速食
还有中秋节的月亮
如往日浸在水中

看，也曾有人替我纪念我失去的一切
但又被我失去
谢天谢地，他的一生仍捧在我手上
浮生若梦，梦中几番生死

公交车

安静的公交车
一左一右
一摇一摇
那些时光
如一头鲸鱼
我流下汗水和泪水
打湿它沉默的皮肤
有时
落叶落过车灯
遮住了它的喷气孔
稍后
又滑落
无数次
游进黑蓝的
天空

华服

那是
永远属于后来的一个女人
我见过
她站在地铁前
小路前,巷口
臃肿的手臂
拉着臃肿的影子
谁会找过她
谁会记得她
替她挽留年纪里
痛苦的记忆
也曾
给自己苦难

许多年前
我替她买下一件便宜衣服
美丽的花朵
在布料上
出血

夜里在下雨

夜里在下雨
心
该藏在什么地方
夜里在下雨
童年村子里的狗
今夜又在哆嗦吧
看不见
夜里在下雨
心淋湿了
明天
能去哪里

蝌蚪

只活半个夏天的
细碎的湿冷
在河底
浮动
啄食微苦的淤泥
明天是什么
有的挨尽了阳光
有的游进了鱼
妈妈
我小时候
也没能长成青蛙

晚安

下雨
一整天都是这样
一刻未停
——雨天依旧有这么多
断断续续的人
让我惊奇
观察他们
是种乐趣
亲爱的
天色已晚
给我找个地方
坐一坐

马

我从没拥有过它
但看见过
它们那眼里
淡淡的春天
这么多年
清晨,一开门
我的马就会跑出去
带起绿风
跑过小路,小镇
雨天街上的露水
和我的屋檐
直到太阳落山
它疲惫,温顺
又回到我的身边
我从没拥有过马
曾经,每年春天
它卧在我的家里
看着人们
一点一点
晾干草的尾巴

阿姐谣

人世有四个季候
苦阿姐
春天
是个窗
阿姐挨骂了
窗棂听她哭
青草就长出来了
满了群山
夏天
是条河
阿姐受累了
蹲在河边哭
河水，游来凉凉的鱼
露水重了
秋天
阿姐挨打了
她跪到田间哭
玉米，被她哭痛了
"刷，刷"

风就丰收了

冬天

穿好新衣裳

阿姐要走了

我抱住她

留不住她

月亮,你给她指条好路

莫叫好人受苦

冬天

阿姐在天边看着我

雪厚了

我想念她

点地梅

村口到田里的路有三段儿
不长
段段都通往那些花朵
它们只在春天盛开
把自己眼睛弄破
故而脸上遍布彩虹
每次我提到这些
都同时提到家乡,烟气
或者记忆

我要永远对你施展魔法 [1]

我要永远对你施展魔法 [2]
就像多年前
对我自己那样
我要你年轻
在小路上走一段儿
身后的足痕就飞走一天
好让你不必突然停步,悲伤四顾
我要你善良
搭顺风车返归故乡
在日暮
用手指把所有哭柔软的门钉拔出
我还会
于你服药时
突然在你舌尖变出糖果
你睡眠时
使出本领
下令一个早春进入你梦中
用幸福使你一惊
在你悲伤时

变出一颗温柔的心
给你讲人们忧郁的生命
我要对你施展魔法
做此种种
直到永远
而不要你记住我
因为,曾经
我只把魔法用在己身

①②引自俄罗斯诗人安娜·巴尔科娃的《咒语》

等个什么呼唤我

等个什么呼唤我
在我江郎才尽之前
在我终于长大之后
呼唤我的脸
手,衣服
和村子
当呼唤来时
我相信
这些东西都将成为真正的悲伤

我等那个呼唤
它不来
我就一直等
天天年年,年年天天
和这些东西
和你们
一直等

第二辑

我活到了母亲年轻的时候

我活到了母亲年轻的时候

她五十七岁时

我终于活到了她年轻的时候

活到了

她的二十岁

我举起风化的胳膊

时间，黑夜的巨石

一天天往回推

三十七年前的那个村庄

遮住了我的双眼

三十七年前的声音

泪水，愤恨

日夜逼现

名为生活的妖物

从我出生起

跨过三十七年

钻进我的耳朵

我举起风化的胳膊

站在路中间

时间里

母亲活过了我
走向她的后来
我从她的中年出发
倒流回人世的命运

青春

早上,我们吃饭
她学习
中午,我们睡觉
她学习
夜里,她仍然在学习

她个子不高,眼睛很小
母亲在南方
每当我们提起有人
把崭新的工作证
藏在地上
她总要落泪
委屈

攒人生

那时候我自学写文章
想着将来一定要当一个作家
我每天读一篇美文
背一首诗
锄地的时候在心里默念,复习
时间久了
感觉前景充满着希望
其实我依旧为上不了学而痛苦
但每天吃饭的时候一想
这辈子每天攒一厘才华
十几年攒成一点儿才华
一辈子成不了作家没什么
以后还有下辈子
下下辈子
总有一天
像我爸用来拉煤的钱一样
会攒够的
虽然不能确定那该是哪辈子的事了

八年级

数学算式
简单质朴、善良
收容这些孤独的孩子
他们寂寞的童年
一年中的第九个月
江水回流
我望向那排窗口
满教室统一颜色的蝴蝶
阳光下
纷纷扬扬

夜

妈妈,我想你了
以前的日子
我们错过了对方
这时,我看着窗外
红灯红尘一样通明

妈妈,我想你了
我们一样
用死亡换来死亡
麦子,送走全部水泥

妈妈
窗外在窗外看着我
红尘红灯一样通明
妈妈
我想你了

写诗

一张纸，写一支笔
一片苔藓，写一面墙
鱼写河，马写山
草写世上的路
提起春天
就想起秋天
写到农田
就想到喧哗与寂静

一些女生

她们很白
像村里草地上的雪
无所谓
行人来去

看着她们
就会想起我自己
心里的秋天
雕刻小城

沙棘树

十,十一,十二
十二个冬天
偷猎那些红色
一年一年
村庄头发减少

其实这里
没有人需要冬天
没有人需要沙棘
需要那么多刺
用来长刺,长出红
正如
没有那么多人
需要冷

狼毒花

不要让一朵花看着你
哪怕它并非眼睛
只要它看着
村庄就止不住
有人离去
树林就会倒塌
四十里外的小城
会有人哭泣

所以，不要让一朵花看着我
看着我往路上走
我的脚和背影
哪怕我知道
你并非真的眼睛

无题

我从前的诗
和以后可能的诗
都去哪里了
短暂的路上找不到它
亲爱的,有时候想
其实这些并不重要
我会一直活下去
就这么一天一天
直到中年,老朽
习惯于
新年新衣
永恒变旧

寂寞的生活

翻旧物,翻到从前的诗
有一些陌生
那个孩子在不远处看着我
她那么尖锐,自以为决绝
幼稚得可憎
一个人在路口,找她失散的小狗
反复一个词
渴望翅膀成真

我永远想念你们

走在夏天晚照的草地里
我重新变得幼小
甲壳弱翅
和虫子一起飞舞
我一个人回家
这条美丽小路上
走走停停
有些落泪的感觉
亲爱的,我一无所有
天光温顺
鸢尾草的花
它蓝色的脖颈
留在我身边
我现在长久拥有它
亲爱的,我一无所有
一个人回家
走走停停
亲爱的
我永远想念你们

厌食

谁能确定
一棵白菜的价值
和猪、牛、羊的寿命
其实我并不需要你们
从前的得到实在多余
于是今天
我想对你们说
动物,植物
盐,以及酱料
你们就是自己
不是美味
不是饱腹
和盛宴无关
不欠任何人幸福
你们和我一样
虚度着每一天光阴

夜里,春天的树梢

春天的树梢
指向天空
一点点绿
与整块整块
欲碎的蓝
路上,人们回家去了
脚印停在地上
北方,今夜
寒冷的飞蛾
绕着路灯翻飞

长白头发

白鹭，白头翁
白化麻雀，白草
不老，什么都不老
又怎么会老
工厂，铁路，大雨
我们住在南方
一个人的村庄
灰尘歌唱，蒹葭苍苍

某个深夜

星星在小学里住校
眼泪汪汪
门口还有人吗
村庄里的狗哪里去了
鸟和林子一起叫
轻轻的,像唱歌
明天要下雨
土豆要播种
快六月了
雨水无知的白
北方降温
好冷好冷
新闻里日本地震
不要睡着
明天牛奶买好了吗
你还会回来吗
我换新衣服了

胡麻花

那么大一个村子
只有一片儿蓝
蓝成纸和天空
蓝成另一座山
另一个村子
(其实只要蓝,这些就存在)
你们知道吗
其实我也很蓝
蓝到可以发芽
可以结籽
也可以
榨油

肥皂

你看泡沫里有什么
一个童年和泡沫本身
泡影,彩虹,辛辣的香味
十二岁,被水泥路割离
二十岁,被隔离进水泥路
为什么呢
中间的岁月用来制造肥皂
车间,工号,泡沫
肥皂是她,泡沫也是她
香得落泪

金盏盏

那时候
我们永远在碱土里
静守
地上的村庄
我心里也住着金色的钉子
雨夜
星星在水中飞翔

土豆城的公告

尽量不要在白天出门
阳光下久站
脑后易发青
也尽量不要在温暖的地方住
发芽的欲望
必须压制
还有,日夜听到机器轰鸣不要失眠
不要惊慌
议论
我们身体里都含有淀粉
这是没有办法的事
最后不要老是想各种事情
土豆,会变涩

诗天子

姑娘,这个夜里你站在我面前
那天上的繁星就迫不及待灌入你眼中
春天来得并不晚
只是一年
汗水没有白流
田垄照着指纹又长了一重
现在,全天下的花都惊羡于你的年华
十七岁,一切刚刚开始
我的手指穿过你的头发
月亮吻开云层
萤火举起灯
土地在你掌中耕耘
村庄也在笑,父老乡亲
你听,他们在喊
姑娘,我的姑娘
我开满一山的红苹果
你的灵魂

春天来临

亲爱的,春天来临
燕子寻找新枝
第一圈年轮
相遇最后一场霜冻

亲爱的,春天来临
每一棵树说出它心里的鸟
大雾将散,林子里充满鸟鸣

亲爱的,春天来临
阳光真好
你可以躺在青草上
讲讲你的一生
我想听

回忆一个雨夜

伸出手
水汽穿过指缝
飞向雨夜
雷声隆隆
有人在楼下说话
玻璃轻轻响
他们的麻将,夜宵,日子
孩子的脚步
也在轻轻响
直到更大的雨滴落下
直到听不见
秋天已经来了
灯前只剩枯坐

春日之草

无缘无故长出来
不需要理由地成熟
死去
走过它们
只是一片片茫然
绿不需要支持
不需要原因

梦到春天

一

我在一个夜里梦见春天
梦见雨水的香气
灰色天际
倒在风里的树叶
有人从梦里跑过去
记忆却没有留下脚步声

二

我住在一片树叶下
遗忘的顺序正好当作日历
日子一点点过去
河底有鱼在月夜寻找鳞片
我祈祷明天
只为了我自己
春天
眼下青痕

春天
长眠不醒

三

我做了一个乏味的梦
梦中只有
乏味的生，离，死，别
和他乏味的对角线——平常每一天
被我忘记的
严冬天明的太阳
手上的茧
加热的刀削面
梦里
我又看见每一个瞬间的我
她长大
离我越来越近
我却越走越远

初恋

一

一千六百六十六公里
中国的最南,到中国的最北
五十一小时火车
时间足够一场变法
那时候她喜欢看《洛丽塔》
旧书摊,小县城
五块一本
高校始于乡村
深秋,打工可以追上火车的运行

二

在这之前
一切并不为我们所知
人们只有童年,异乡
止痛片,生存和死亡
如今,才看见那些年里

药厂和药厂
南方与北方
火车跟风碰在一起
痛痛地响

三

那是什么样的
属于后来的晚上
天黑透了
我走后
街道
怎么又照常飞出
星星
雨季，多少孤独的水啊
多少斑驳的
孤独的你

母亲于我

冬天,一块上霜土豆的梦里
我和七十年代重合
那个火热,青春
黑发长在天上的年代
农田里供奉出你来
我的母亲
听说也是十七岁
一百七十厘米高
双手紧握,眼睛里长着春天的草
前路漫漫,足有村口到考场的距离
在路边我看你走过后
也许只有榆树会解释你的命运

而现在
我也正十七岁
没有双手,站成一柄锹把来挖掘自己的脑子
却常常在秋叶中失败
这又该列成哪个公式
黑夜留下空白的今日

天明却总是咬破我的枕头
扔出一滴泪水就扔出一个季节
而危险的是
我或许只能在梦里见到你
高举的青春

我秋天的村庄

一

秋天
落叶落向对岸的树
雨味又升起于小院枯木
秋天
山花不再开
我手中的蝴蝶
已死去多时

二

曾梦见草原
我的梦里
河流是一场大雨
斑鸠、石子、蓝色小花
秋夜里翻飞的蛾子
紧贴露水
月光也是一场大雨

草原，草是火车的笛声

三

向日葵有含胸的善良
风吹低月亮
草叶茂盛，雨水枯萎
一年又将尽
我桌上的灯也熄灭了
天暗下来
我便终于拥有村庄
秋天是一颗淡蓝色的心
水，宝瓶
天明空空

四

往日的某一天
我梦里河流在飞翔

那是多年里路过村庄的一条河
清晨飞向天空
离开我们
我们的扁担和贫穷留不下它
扁担也像双手一样空空

五

在村庄，曾有很多花
每一条小路都通向它们
村庄什么都不分明
秋霜将至未至
残花将尽未尽
在我的村庄，亲人们
他们流着眼泪
拥抱我

青蛙诗

一

我听见河中蛙鸣
在世上的春天
傍晚
蛙肚白的天空碎掉
雨在犹豫
有孩子跑过门口
去水边
欢笑声
一年的碎屑
我坐在石沿上
听见

二

深黑的后半夜
青蛙籽隐入水中
这是一团团黏稠的孩啼

被水草遮掩
生产后的青蛙坐在河边
月光不太冷
青蛙丢进水里
一星石子

三

青蛙在村庄独居
施肥，锄草
不常生火
日落时坐在河边思念家人
那一年
村里两个人得了癌症
大家说青蛙的血很冷
抑制病毒
秋深前会有哭声
青蛙坐在河边
寡言者有晦涩的眼睛

四

天空下雨

我和青蛙一起住在村里
春天后
河水扶着水草长高
吸气都是泥土味
青蛙捧着脸
坐在路边
我旁边
等车
思考感情

五

村中人斗嘴
远处窗户的灯光
星星巡游
河边
青蛙用月光敷脸
这个春夜
是这条河的第三十年
连河底的鱼骨也跃出水面
青蛙用蹼抹抹眼睛
它第一次思考时间

第三辑

月亮让她想起外婆

大伯赶羊走了

路那么远
这么多年我除了看见风去过
也就只看见他去过
小村,群山,八号,到河尽头
到他的尽头
几十里地
日赶夜赶
也并不费力
我们一家都在放羊
从小都会放羊
在山里、地里、城里、庄稼里、命里
只是大伯他太有福
第一个带羊群走到尽头
放成云朵

夜空记

多年中
夜空住在我之上
星辰背后
蓝,谁在蓝中生活
多年中
我住在夜空之下
忙我的事情
每次我用真心哭笑一次
天上的人
就点亮一颗星星

冬树

雪花是睡在泥土上的枯叶吧
在冬天
村庄只剩下一个人
整夜
啄木鸟敲着我的耳朵
咚,咚
一片叶尖
又荣枯进心中

一个少女的冬天

我承认
我的青春曾被击成碎块儿
像黄土,雨水
或者一点儿小雪
或者是父亲田地里
一棵不会说出姓名的草
但我仍然记得
那些季节和节气
都见过我
春,夏,秋,冬
他们让我在其双手间走过
我的灵魂也落叶纷纷

现在是冬天了
树梢指向南方
村子里逐渐寒冷
玻璃十分瘦弱
却容忍霜花开满她的脸
四十排扶贫房紧紧靠在一起

手拉手
我们走过中间小路
日出，日落
回来，出去
路过田野，我看到了
温馨诱惑季节的一圈圈红晕
而你看看
我又要面临新年

乡村婚礼

初秋的某一天
众人运送物品
红色
她不做事,站在——
晚风里
环视四周
没有小女孩跟在身后
有点孤单
那段日子天气转凉
整整一下午
她感觉寂寞

给我十六岁的白发

月亮下
田埂生满雪白的故事

秋之夜

深秋之夜
躺在一枚落叶上
冰凉
童年和回忆都结出了霜花
红沙棘冷得闪一闪
在她枕边
这样的夜
月亮让她想起外婆
那位老人,一个
一座农村一样的脊梁
龟裂,黄土,子女,田地
在冬天
用麦熟之热拥抱她
手像月亮一样粗糙

农村的月亮是圆滚的
在深秋小手搭在墙头
眼睛清亮亮,转忽儿灵
巴巴等外婆

塞她一个黄杏儿在小嘴
而她背后
深秋流向长江
白水滔滔

找路

十六个新年站在雪中
不发一言也该让天空惊愕
现在要去哪里已经不再重要
村民们也选择了离去
毕竟
那些春天、芋头
土房子甚至诗歌
都在夜以继日从远方赶来
刚垦完的农田整夜被踩得沙沙响
树枝也不得安宁
是不是应该躲回雪中
以防像母亲那样
一出家门
就跌进时间里

一些片段

一

那些荒凉的盛夏啊
旧木搭起小床
半夜雨声
半夜蝉鸣

二

又是深秋了
离家很远很远
没有人再往土炕中生火
山棘落了霜
红红的,又堆在院子里

三

外公八十岁,夕照在病房里飞翔
他整天在睡觉

梦到小时候住的地方

四

小猫一月大,独身出门远行
我去找它回家
也许在某片草地变成蒲公英了吧
一年一年,深秋与立冬

五

那时的夜晚
驴车拉草走过桥洞
火车走过我们头顶
秋月也走过我们头顶
又快,又慢

六

过年的羊皮还挂在院子里

屋里又走过一个女人
干瘦,沉默
月亮从旧羊皮后跳出来
从墙头跳出来
又跳过去

七

我们去商场里看圣诞树吧
像刚开始那样
整个冬天都在下雪

八

村庄里死去的人
飞到天上变成星星
一闪,一闪
整夜坐在山顶
消失在秋草的呼吸中

慢

我想看书
写诗，在春天
时间永远那样鲜活
我永远年轻
直到旧成一片叶子
可是啊
最后生活
除了一把剪刀
什么也没留给我

迦楼罗

在寒冬
莫名进入一个梦
旷野天低
四处无人
只世间正中
盘旋着一羽巨大的悲情
梦里不知多久
一天，或一年
心中难生一点声音
只有——天空
它滑翔
升起，下降
悲鸣着盘旋于世间正中
一天，或一年
我在地上一动不动
它在天空盘旋着我
天地悲情
我悲情
直到梦醒

盘旋结束
我被迫回到自身
鹰隼
归还于天空

牛肉罐头

这封闭的
曾经分泌出灰尘和
劳累的肉
众人
丝毫未动
此时,我想到它
大眼睛悲伤
某一天
突然为同样日出而作
日落不息的同类
蓄起水分
然后一年后
装上车
彻底消失
当时
我们也卖掉了
旧年土地

我见过的两个女生

她说她想成为一个导游
周游四方
把山略缩到嘴里
像一台电脑的拷贝

另一个说她将来想当一个服装设计者
把对本能的掩盖
变成灯中的色彩
如啄木鸟

她们一个有口吃
一个有侏儒症

沙尘暴

惊异于这样的风
一天之内
土和人就混为一谈

桃花腐叶风中相聚
塑料和戒指没有区别
没有区别的
还包括黑白
应该惊异于这样的风
风中的我们
一无所有

夜雪

路灯悄悄地哭
车轻轻地走
雪静静地碎

找梅花来,插在小山头上
点红灯笼,陪着我

王玉娥

儿子回来了
五十年化为一些白灰,一方木盒
她去桥上痛哭
腊月十六
零下二十三度

人群

亲爱的，我现在在人群中
和所有人坐在一起
把脚放在
警戒线的边缘

亲爱的，这里屋顶很高
在座的都沉默
宁静悲伤
亲爱的，我在人群中
不知道该说什么

我想你

周围

大家谈天
谈到昨天突然消失的
某个人
沉默一阵
又起身散开
我坐在他们不远处
房子停电了
一只蝴蝶尸体,还摆在窗台上
月亮
过一会儿会出来
"塞纳河的水里葬着诗人策兰
就是这样简单"
我有点难过

卜洛克①

你见过卜洛克吗?
那飘飘而来
麻布手指
麻布包裹手指
常年停留在这里
来过
我记得
拿过我的童年
去山上哭
月亮
一天一天掉色
村庄哭泣
卜洛克
有一年,我被丢在草丛里
秋天

① 诗人想到的一个词

无题

下雨了
走廊里摆满
雨伞
如小路，长了蘑菇
曾经，这样的天
一只小猫被我赶出家门
它咪咪叫
我不敢回头

大家看不见我
我躲在蘑菇后面
静悄悄
下雨了
我没有蘑菇可打
亲爱的，伞太小了

路灯下

我们蹲成一排
月光中
请城市视察全身
包括耳蜗

每一件校服后
拒绝出土的草种

偶然在纳兰词里翻到了自己的名字

肯定更胆小,肯定更自卑
肯定更不讨人喜欢
更不让你放心
但肯定,放心这个世界

肯定还是在一个村子
村子肯定更小
肯定还是一个人
肯定还是爱看落花
肯定还是注意寒冬

缩

秋天
心脏是要钻回泥土的虫子吧
终日难受至缩紧
早上
鸟飞走
白色的月亮
静悄悄中等待
树叶在凌晨红起来
小巷变冷

炉子

每天坐在地上
热爱那些手,那些冻疮
双眼,子宫
乃至冰冷的人生
都是出于本能
不说话,走不掉
铁制福字
烙印心中

改变

现在过的是大部分人的青春
吃饭,梳头,认认真真
睡眠里,没有梦

月亮勤快
给几栋大楼浇水
浇在校服上
人就成了蓝的

书架

日子会好起来
一年后
木头会拥有木纹
书籍,活过纸张
树叶度过严冬
如我一样顺利

雕塑

天气冷
树林里,鸟头是圆的
翅膀平行,单足
深秋,布满锈痕
这座公园没什么人
她很受欢迎
每天都来
听听声音
在这时候
天上的鸟
飞过一群又一群

我在月亮下喜欢你

我们抬起头
月来自夜间
夜里
你在我身边
两块木头,两条鱼
我小时候的河边
鱼用月光敷脸
月光中,沉默,游动
一眨眼,蓝色滴落
蓝色中,我来自你
你来自我

止痛片里充满过去

每一颗止痛片都很忙
都在止这世上的疼
所以我等不到你

风中的日子

我是尘土
是一个女孩或村庄的牡丹
是萨满
是喜事
是我一个人的小说和眼泪
是大路,牛羊
是田埂上风中归来的日子

奶奶

最后的世界没人见过
除了她
一只眼苍白
一只眼血红
最后的样子谁也不给看
小树根部化为手指
整个村庄
满枝白花，芳草海棠

记忆深处的诗

在我的童年
火炉上印着福字
村庄和村庄手拉手
遥远
整个冬天
雪满群山
北方的星星,点点滴滴
落在头上

破土的日子

新年之后
村里的春天
水涨船高
我仍然路过你的
家,月亮
墙角白雪老去
我十七岁
倒过来念就是你的寿命
新死,老人
明白,而不干脆
春风很大
村里逐渐变暖
破土的日子定了后
玉米根腐烂出甜美
也许下个礼拜农忙开始
镢头就会拾起我
走出村庄
而到时
我又该怎么用一个小孩的心灵
记起你

我妈妈比我大三十七岁

我生下来的时候
你就已经老了
你来得那么早
我迟到了那么久
所以我们每过一个新年
那个叫未来的世界便会远一点
原谅我
妈妈
原谅你唯一的女儿在冬天时常露戚戚

立春

一片枯草
沉坐在墙角
这一天
它回忆它的种子
往日
风,电,飞翔
镰刀与雨水
又升出泥土
轻轻吹拂
这一天,它回忆它的四季
四季中的哭泣
经过的鞋子
已淡去痛苦
山遥水远,北方光秃秃
立春后
枯草终于开始忘记

第四辑

也是冬天,也是春天

狼毒花开

村里月亮不再生病
我们就和土屋住在一起
农妇,女儿
走路,出门,回来
日复一日
风长过山坡
那些花朵不过是属于细碎日子的布
整个夏天
红白分明
凝视烧水打柴的生活

初雪

今夜在下雪
她们的飞舞让骨头发痛
而失眠往往伴随着
　十七个春天在荞麦皮枕头里暗度陈仓
这样的夜，无法思考麦子、野花
农田，或谁的未来
双手也更不能
触及自己的脸
这整个夜也是一场风雪
我努力静下来，把左耳贴近风声
渐渐听到冻死的河
在大放厥词

春节之前

现在
抑制器官
不能让指尖长出春天
响雷也不能
弹落雪中
多么乖觉
呼——吸呼——吸
起伏，山峦
学习玉米粒的有条不紊
"大寒，小寒，惊蛰，春分"
一圈一圈
吐出来
正着过也倒着过
抱怨着
我怎么就是春节前的
一棵草？

春天，下雪了

那些烟筒低
所以村口中的喊声也低
人的脚印都低
低成小路
一步低似一步
低啊低啊
走到草尖，黄土眼前
这个春天
雪就纷纷了起来

雪夜

小城
春天总会下雪
就像以前
村里喜欢在深秋下雨
半夜起来查看窗外
忽然想起
在这样的天气里
我肯定活了比现在更久的年份

逆流

春天,找水
"踏踏"
踏出一个村子来
青草,黑泥
一把屋瓦
铁锹头下蜗居小虫

很久过去了
她感到他们在她眼中老去
像庄稼老在火里

惊蛰

它们
给这一天下雨,下雪
也下一点儿泥土味
下与秋季对应的点

逐渐草灰解冻
逐渐虫子们唱起来
逐渐
雨雪里下着我

木头人

我们
围成一圈
去看他的
木质手指
——永远是儿童
只穿新衣服
住进大厦里
木质身体
白粗布头颅，心脏
——如此一位
模特
"你可曾对过路人
面露欢欣？"

雾

落满地面
瑟缩脚步声
昔年长林里
清晨淡去
那拥有的
秋景
直到太阳上升
有人回来了
小屋响了一下
开门

大寒

今天傍晚
地表有风,消失在天空
北方
某个人回家后死去
哀歌
落满屋顶
我们点着火
那些
被我们浪费的
厚雪与落叶
渐渐重现眼前
像一扇门
立起它的寒冷

入伏

早上竟然寒冷了
我又闻见
远处的秋天
呼吸出雨味
很小的时候常有这种感觉
那几年
太阳一出来
便照透我
也照透
黑色铁门上长出的水珠

秋天的一天

天冷了
街道
雨水里变凉
整夜开着窗户
虫子死了一地
今天凌晨
我听见有人在窗外喊
是老家的方言
秋天过去好多天了
风衣放在衣柜里
关上门便忘记

能飞的花朵

独白中又回到
九月的一个上午
秋天
露珠那么多年里
浸湿小路
长椅
我的腿
石头边开放的花朵
依旧
在定格中飞舞

车回笼

李二的车载满玉米
这架车曾载过他的女儿
和一个女人
车走时，驴永远套在车上

问这个地方的人喜欢劳动吗
他会说不
玉米很恋乡，拉过河很难
过了河，才能拉到城里

冻死的花

一朵花冻死了
儿童们围住它
空气轻轻流动
她看着这些初春中的
幼稚肖像,不发一言
那个北方的凌晨
土地离雪远去
玉米沉默,垂垂老矣
一朵花冻死了
第一次,一朵花这么红

端午节的粽子

端午节的粽子
在锅里变暖
他们甜的心
咸的心
紧实
这些心都是软的
孩子们喜欢他们

口琴

二十四只孔中
二十四双手一起吹动她
忽——嘟
忽——嘟
哆来咪发嗦拉西哆
卡门,春天,茉莉花
没有一段,一声
关于童年的呼吸
每天,她在这些山洞里穿梭
想抓住那些
要代替她跑出来的声音
好问出为什么那么多日子都被判定不许说话
只有她在尖锐的簧片上
看冬风从眼前刮过

秋寒

秋寒和春寒
只有一个不同
灰黄，和灰青

小青刚学了一个词
叫料峭
她喜欢在QQ空间里假装自己已经是成人
装得连母亲都愿意信
三年抑郁症
集体宿舍到病房
时间，一截一截
料峭

游荡

给我一支笔
让我休息一下
晚上了
一个人
想明天的事

爱人

需要一把椅子
需要一张桌子
你坐下
阳光照进午后的窗户
你看着我
我看着你
真不容易啊——
终于这样

夜间诗

屋里只有我一个人
炉子
铁的心熄灭了
窗外在下雪
一层深一层
炉子,小锅,狗皮,我脚下的泥
地上的灰尘
都在下雪
雪夜中人们也下雪
我看不见自己
一片一片
白色原野

等

墙上长出镜子
等她来照

十年才长出的颜色
土路长出红砖
等她来走

找回二十年前弄丢的新鞋
我要把这个村子所有的人藏起来

所有的我藏起来
藏起来
等她回来

夜行

曾经我们躲于车内
在山中夜行
游走这土地庙的
微冷脏腑
当时夏天刚刚开始
最后一场寒潮正在过渡
我每天给自己胃中加入中量辣椒
制造温暖
那一年北方
山顶星星，颗颗像要粘住人间

和和

亲爱的，秋天了
散发香气
这一天
在欢乐中度过
黄昏结束时
阳光，晚霞，虫声
丢失的风筝
以及你
终于
被我寻回
谢谢你，亲爱的
我终于拥有
这永恒的一天
在我一生中
仿佛重获青春
我在好转
你在生效

黑暗里听寂静

这一天,我们沉寂于黑暗
四周宁静无声
月亮沉进水中
而明天
花朵要开放
春风里掉出沙子
人走过的路都长草
长过草的地方都有人
我们在黑暗里听寂静
听这一切发生
不告诉任何人

新年之前

土房子里
爆竹把心红起来
童年飘出香气
对联是生活的格律
烟花响了
星光不眠
我又回到小时候

向日葵

是村庄
那含胸的善良
阴天
沉默,花粉飘落
落下
金色的灰
黑色的地
一个深秋
泥土
又返回了她低垂的心

一点点联想

一盒亮片
迁居剩下的
星星
孩子数了数
一盒七彩缤纷
于是我想起
某个过去的夜晚
树荫低垂
小河沉静
四面山野
无名之花生而又落

冰雹后的深夜

安静得像个园子
玉米，菠菜，南瓜
红菊
倒伏
地上有很多草
也有很多水
秋天闻起来很像秋天
有人悄悄地哭
冰雹过的深夜
这样清冷

南方

是家门以外的所有地方
蒲公英白了
树叶那样落去路上
在南方
有一个雪人
融化在我手心里

在夜里十点

我没有眼睛来谈论灾难
没有眼睛
来观看自己以外的黑色
我站在土路上
今年闰年
两个庚子抢着月亮

姐姐

她平凡
平凡，平静
一百六十八厘米，二十二岁
爱笑，爱动漫
每天从教学楼
走回寝室楼
日历一张张在她体内生长
苦难并非没有光顾她
她和所有的人一样
闪烁痛苦，像彩纸闪烁星星
十四岁，自闭
十八岁，校园暴力
十九岁，来到另一个城市
现在，父母健在
平凡而善良

日子

敲醒在雪里睡着的玉米
一点一点
一滴一滴
敲出草木的喊声
再砸一块炭
朽木流出
蠕动的黑
每天都要打扫家
勤勤恳恳,如同打扫自己的口腔
年复一年
妈妈
我在这样的日子里过春天与秋天
与你遥遥相望

立秋

二〇二〇年
八月七日
七点二十一分
花朵动身,开始离去
飞鸟成群,望向归处
树林
准备寻找衣服
今天起
我的村庄转为寂寞
这里的天
加速遥远

冷

盛放他的终于从钢场变成木盒
才发现
原来铁可以进化出年轮
路上才看见
东山的天
和当年一样远
鸟站在树上
腊月,年轻人回来了
天永远那么冷
永远高人一等

雨天

打开门
风就吹进来
空气湿润
雨天里
日子很好落地

这里的人
在年轻中老
我们都一样
一起游荡在雨天里

雪中曲

邢秀有两只猫
一只大,一只小
女儿离开以后
她送人一只
被送走的猫也是个孩子
很小很小
走时是春天,小猫记不住路
等冬天落雪的时候
路就想起来了
只是邻村,不远
邢秀想

十七岁的农村少女

哎,听说

我过几年就要嫁人了
黑黄脸下的这颗心
该怎样才能
嫁给
一个会哭泣的农民

腊月二十七

就这样过去了
日子
像路路过鞋
只是
还有一点儿
臆想
不间断的月亮
凝视居住在她之中的
村子

闰年

今年多了一个月
多了三场中雨
它们落下来
飘摇村庄，庄稼
和年轻的人
今年的秋天会怎么样
日历一撕一天
省略掉的成熟的一个月里
山上能开满白菊花
那时
我们再出门去
老庄稼地里
长满绿色小苗苗

春天的大雪

黑，灰，脏
粘连绵软
身体中最早的一场沙尘暴
最大的一次失败
被春雪带走

春天真好

春天了,多好
我们眼中松软
松软到
可以随时长出玉米来
甚至
顺便结个玉米棒子

爱春天

蓝烟飘远了
火焰黄黄
孩子们
在世上
翻地里的草

附录

失去的与赢得的
—— 关于晓角的"诗与生活"

文 / 霍俊明

读完晓角的组诗《一个少女的冬天》和访谈，我内心的感受颇为复杂。她作为一个诗歌写作的起步者，我肯定要谈谈她的诗歌以及局限，而更为艰难的是我还得面对一个人的现实境遇。

她的个人生活在这个时代显得有些不太真实，同龄人所拥有的在十七岁的她这里却全部缺失，比如失去了上学的机会，失去了应有的快乐，更没有同龄人每天面对的城市生活以及面对手游的虚幻。也就是说，我们必须在"诗歌与生活"的关系上来看待晓角的人与诗，甚至精神剖析也会派上用场。问题的关键在于一个人如何有效地将个人经验转换为语言经验和诗歌经验。这并非意味着一个人的生活经验复杂就一定会写出同样复杂的诗歌文本，我们考量诗歌的重要尺度是看其是否充满了效力和活力。这一效力和活力既是感受、经验和情感上的，又是语言、修辞和想象力层面的。

一

接下来我们具体看看晓角的"诗"与"生活。"这也涉及一个人为什么要写诗的话题，即诗歌在一个人的日常生活和精神世界承担了怎样的功能。

晓角在现实中遭遇了一次次的冬天，她是同龄人中的不幸者，比如父亲是体弱多病的农民，母亲有精神疾病，住在农村的土坯危房，家贫如洗，她还失去了上学的机会。这样的遭遇对于一个女孩来说是难以承受的，尤其是母亲需要她的陪伴、照顾。由此，我们发现晓角是一个被迫的"早熟者"，具有超常的韧性、承受力和精神意志。这是十分难得的，当然她也为此付出了代价。

这样的境遇容易让人在一直紧张、焦虑的神经状态达到限值，这时候晓角找到了诗歌，或者说诗歌找到了晓角。有了诗歌这一特殊的说话方式，晓角在生活和诗歌之中就找到了一个入口和平衡点。这使得诗歌对她的生活起到了安慰剂和对话者的功能，自我和自我争辩产生的是诗。

既然生活境遇和个人经验已经封闭而艰难,这个时候就需要相应的语言和修辞来将个人经验转换为语言经验和诗歌经验。晓角应该感谢做过民办教师的外公,从外公那里她读到了一些书,这是最初的文字源头,只有文字才能够打开一个人的精神世界。

对于晓角来说,诗歌确实起到了"精神支柱"的作用。她之所以最喜欢芒克写于20世纪70年代的《阳光中的向日葵》,在于一个诗人的强力意志和求真能力,即使遭遇极其艰难的时代境遇和生存挑战也要做一个主宰自己命运的强者。"你看到那棵向日葵了吗/你应该走近它去看看/你走近它你便会发现/它的生命是和土地连在一起的/你走近它你顿时就会觉得/它脚下的那片泥土/你每抓起一把/都一定会攥出血来。"这有些像我们经常提到的加缪笔下的"西西弗斯。"在晓角的诗中我就看到了近乎无处不在的精神意志。

二

晓角的诗歌刚刚起步,数量也不多,所以她的诗歌面目不是特别清晰,还处于不稳定的写作状态。为此,我只能约略谈谈观感。

《三天过完十六岁》这首诗让我们看到了一个人的内心愿景,而诗歌中的意象让我们看到了一个人的日常生活空间，比如荒草、村庄、山路，比如父亲和母亲。这些意象和场景都处于"冬天"般的冷峻、荒寒的氛围之中，这时候出场的草原、野花、骏马和锡林河以及酒杯就具有了提升和慰藉的功能。

《嫁妆》这首诗在"叙写"上有些拖沓，但是更为重要的是晓角找到了诗歌写作的一个比较正确的方法。很多人在诗歌起步期往往会成为精神自我化的滥情主义者，往往只是"从说到说"的宣泄，而这样的诗往往是浮泛和失控的。一首好的诗歌必须具有自足性和自证的能力。也就是说，一首诗的构成除了"情感"和"诉说"之外，更重要的是意象、场景和空间。诗人必须借助这些日常的具体之物来完成情感、智性和想象力的再造。而《嫁妆》这首诗的可取之处正在于晓角找到了具有主体和客体相融合的意象，即作为嫁妆的两个"红柜子"，这是醒目的记忆的载体，尤其是"多年里 / 在她们身下 / 住着蜘蛛、蚂蚁、小鼠、孩子的月亮和小小王国 / 于是深夜里 / 她们为这一切啾啾谈笑 / 声音很轻"。值得注意的是，晓角面对"红柜子"使用了"她们"而不是"它们"，显然"红柜子"已经被女性化、生命化。在《一个少女的冬天》一诗中也出现了"玻璃十分瘦弱 / 却容忍了霜花开满她的脸"这样的深度意象，因此就具备了海德格尔所描述的梵·高画笔下的"农鞋"的精神功能。它们是物体自身，是精神的还原，是过去时的生命体的物证和再现。晓角的诗一直具有与"母亲"和"自我"精神对视和校正的功能，比如《母亲于我》《我妈妈比我大三十七岁》。

晓角的这些诗作确实水准参差，其中一部分诗更多是即时性的"感受"记录，类似于日记。而诗歌要尽量少使用连词，而晓角的诗中"于是""故而""而又"等连词今后要尽量避免。今后还是要进一步强化诗歌中的"意象"和"场景"，至于诗歌的结构和层次则需要时日的锻炼。应对之法就是在现阶段多读、多写，让词语更为准确而尽量避免散文化的语句以及"成语"。

关于晓角所呈现的生活与诗歌的对应、转化关系，我们可以说诗歌在一定程度上替代我们生活，也在帮助或修正我们的生活，甚至拓展了我们关于生活的理解和想象。与此同时，诗歌在时间的惯性延续和生存旋涡中还承担了镇静剂的功能。诗歌维护了自我，"姑娘，这个夜里你站在我面前 / 那天上的繁星就迫不及待灌入你眼中"（《诗天子》）。

祝愿晓角的人生路越来越平坦、开阔，愿她的诗歌世界与众不同、熠熠发亮。

刊于《中国校园文学》2020 年 6 月青春号

不愿被自己遗忘的人生

文／晓　角

我今年十七岁，个子很高，脸上青春痘长得厉害，所以我很早就不再照镜子。现在我住在政府的砖瓦扶贫房里，每天和父母下地干活也干家务，我读书、听歌、养狗，有时发表文章，现在的我平静而充实。

按我们这儿的说法论，我今年其实是十八岁。十八岁，人生之节点，十八岁以后甚至未来的日子怎么样我极少去想，也不知道。而这节点以前的生活，也就是我的童年、过去，却会经常出现在我的脑海里，电影一样，一帧一帧，活灵活现。

我是个边缘人。出生时父亲已经四十九岁，母亲三十七岁。母亲是多年的精神病人，年轻时因为没考上高中而抑郁，继而精神错乱，然后彻底疯狂人事不懂，拖累了我外公外婆很多年，而他们也不过是农民。我小时候家里很穷，是村里特别穷的几户之一。我记住的第一个场景是父亲大骂着用火钳把屋顶中间那个肮脏的灯泡砸爆,母亲坐在炕沿傻乐,我号哭。

我的家庭是纯粹畸形的,三间土坯危房,因为母亲很少干家务脏得不行,我脏得像小猪,睡在炕头的垃圾堆里,只有当时还健康的外婆农闲时步行十里山路赶来为我们拆洗被褥衣服大扫除。父母常常打架,闹离婚不要我了!父亲痛恨母亲的懒惰和无理取闹(她常年吃药控制精神)。"这个凑合人家,趁早拆散了吧!"是我童年听得最多的话,我经常无助、绝望。但幸好我和母亲偶尔会去外婆那儿住几天,那里的生活规律,健康而温暖,是幼小的我的天堂。

穷、懒、荒芜催生了戾气,极大的戾气,我整个童年是和这种戾气搏斗的。它大量体现在我父母身上,每天每年,从无休止,我痛不欲生,然而时间长了我的戾气也开始越来越大,我的家就彻底变成互相伤害的地方,堪称野蛮的地方。而我如夹缝中的困兽,想改变这一切却没有任何办法,所以在一次要求上学失败时我险些自杀,但幸好,这一切之外,我很早就遇到了文学。

因为家庭,我没有接受过任何系统教育,我是在我家人(尤其外公、母亲)的帮助下自学识字的。我并不觉得自己生来对文字敏感,但我从小就喜欢"胡思乱想"。八岁时外公送了我一本《唐诗三百首》(后来发现那是个盗版的),他让我每天背一首,其中很多句子我印象深刻,比如"离离原上草,一岁一枯荣。

野火烧不尽，春风吹又生"，又比如"醉卧沙场君莫笑，古来征战几人回"，都直击着我的感情、我的内心。这是我最早接触的文学。

随着年龄增长，我对文字的需求越来越大，不论好坏也不知道好坏，找到就看下去。我的大脑是无时无刻不幻想着的，它像一条河，是文字让想象的水流动，所以我的精神世界丰富，和现实生活几乎对立。我在现实中遇到了好事或坏事都会"跑"到脑海中和那里我想象出来的人分享，甚至在脑子里排成一幕戏，妙趣横生，自得其乐。成长，文字，变更着的现实经历，让我脑子里的世界得以更新、发展。

后来政府的扶贫政策来了，我们家的生活好了起来，家里有了一部手机。电子书这个神奇的东西让我真正开始了大量阅读，萧红、莫言、余华、王小波、鲁迅、贾平凹，他们真的是我的星，沉浸式阅读让我彻底醒来，我的精神世界总算膨胀到现实中了，我无比想得到一个属于我的"答案。""我"到底属于哪个群体，正常的孩子？活不下去的边缘人？农民？疯子？都是，又不是，我生来"不上不下"。我父母属于哪个群体？边缘人，他们当然是边缘人。我又该怎样改变这氛围？这种找不到自我认同的痛苦相当可怕，但更可怕的是，我总算会思考未来该怎么办了，不夸张地说那些时间我是"乍生乍死"的，我总算"醒了"，是文学让我醒了，而醒了后，四周空无一人。

　　所以我只能写，这只有我自己知道、感受的特殊人生不能在时光中生发最后又被我自己遗忘。

　　我的写作起初是纯发泄式的，每天一篇或者一段，想到什么写什么，像洪水像惨呼，写了我从来不看，也烂到没法看，但日复一日这个习惯竟真的对我的精神起了很好的作用。我十几岁，我的心灵"上不着天下不着地"，提笔乱写，是我唯一可依附的木板。

　　我喜欢大格局的东西，时代、生命、死亡、信仰、文人，写得久了，我会梦想像鲁迅萧红他们那样用这些元素来创作，但我不试就知道不可能，其实至今我的写作都没有技巧，包括这一组诗，我全靠灵感，只能靠灵感，也只会靠灵感。灵光一现的灵感。

　　是这些灵感救了我，也是写作和文学救了我，让我得以尽量记录自己已过去的这十七年，只有我知道的这十七年的人生。"我是路上的长生天，一步出生，一步死亡，一步彷徨"，这就是我所书写的一切，我对我自己的救赎。

　　十七岁，我并不觉得未来自己真的会成为一个诗人，甚至不敢肯定会不会永远写下去，但，我佩服现在的自己。

刊于《中国校园文学》2020 年 6 月青春号

我和我的未来

文 / 晓　角

今天是七月七日，高考日。

有时候想，这世上是不是还有一个我过着另一种人生。她父母不老，家庭和谐，住不住在危房里无所谓。她性格一定开朗，七岁去上学，和小朋友玩。一年级，二年级，一年一年，扎辫子到穿裙子，她长大了，所以去高考，上大学，然后离开她生长的地方。她早恋，青春期叛逆，也会彻底地成长。她的人生那么正常，规矩、向上、理所应当。

她和我不是一个人，也不一样，她不是边缘人，虽然我们很早就在一起。

十七年来我生活在村子里，从前是只有五户人的危房村，现在是扶贫房成排的移民村。我所有的感情都产生在村庄里，我父母很少管我。他们的脑海我进不去，所以似乎村里只有我一个人，从来只有我一个人。每一棵树，每一条路，对我无限放大，无限成长，它们都有生命，和我并无不同。那么多年，我一个人走在这无限放大的村庄里，天地空灵，喊一声，有回响。

在这样的村庄里感到孤独自然而然，时间一天一天过去，我的心有了变化。我渐渐发现曾经包括了我全部的村庄也可以让我发疯，从南到北，无处不孤独，无处不困苦。我在深夜无法入睡，大睁双眼凝视上空，村里笼子里的狗长大了也是这样渴望离开。我想上学去，想到要疯，可小县城都不会留下我，我试着去过，结局只是回来。

我感觉自己没有长大就开始老去，这时，"她"出现了，你出现了——另一个我。

起先你并不是另一个我，你有你自己的姓名，是我的弟弟或妹妹（*疯疯的母亲生下了你*）。在我的幻想里你由我照顾，在危房中你一天一天长大，我所有的缺憾你都没有，我送你走上上学的路，我看着你成为唯一一个走出荒山的人。有时，你又是我的朋友，我把能想到的，能接触到的一切人都代入你，你用那么多的身份，那么多的方式陪伴我，我多么感动，就像人在路上徘徊总还有个影子，无论是村路还是水泥街。

我长啊，长啊，日子飞逝而过，村里人一次次爬上西山，极远的路灯渐渐亮起，好像山上撒了几粒星星，我渐渐长大，从那样尖锐的痛苦中淡出，我还是会经常看着山上的天。

  这时你终于成为又一个我,我的未来。你出生,长大,牙牙学语,每一步都和我不一样,你背上书包,去了学校,去了城市,然后你终于成熟,你替我成长成那样好的一个我,替我去了温暖的南方。

  我向另一个方向走去,我思念你。

晓角参与 2020 年高考浙江卷作文写作

思考自己的时候

文/晓　角

我的写作开始于一个很极端的时刻，环境极端，心情极端。所以纯粹属于个人情感发泄，难过什么笔下就出现什么。没有写法，没有目的，也称不上诗，甚至自己都不会看，但这成了我生活的出口。

渐渐的，写作在我生活中的分量越来越大，我会经常写。有时干活干到一半突然腾出手写几句，有时半夜会突然有一句什么在我脑海中一闪而过。那种念头很难捕捉，往往在黑暗里瞬间消失。

我沉浸于写诗，睡眠变得不好，话越来越少，似乎只有写下一句才会获得什么，或者放下什么。终于一天，也许是一个初冬黄昏，我第一次认真看了自己的诗，逐字逐句，心情平静，周围没有一个人。我深知自己的诗远远称不上好诗，但那一天我惊奇地发现，那些失去的东西在用另一种形式被我找回来。它们回来时的样子陌生，也出人意料，但我顺利和它们相认。

因为有些东西深深对应，暗中联系。

　　这时我遇到了一些机会和帮助，开始有我之外的人读我的诗歌。这种感觉很陌生，他们有的表示感动，有的表示同情，有的面露惊叹，甚至有人说受我的影响自己也开始对诗歌感兴趣。他们的示意让我惊奇又莫名不安，我不确定那些是怜悯多，还是真的赞叹。有人甚至专程来见我，这种经历陌生又新奇。

　　我发现自己开始有变化，我不再那么痛苦了。我读了更多的书，思考更多的事。我开始思考怎么给自己定位，我是边缘人吗？我和我的同龄人区别到底在哪儿，早熟？性格的不同？经历的不同？还是根本就没有区别，只是环境不一样而已？或者见到的，阅读的东西不一样而已？我开始重新思考这些。

　　今年秋天我的生活有了变动，我到一个学校去读初中。我是全校最大的初中生。我面对一种从没经历过的生活，也是曾经天天向往的生活。我晚了几年才走进同龄人的标准人生，我立刻慌了，非常不习惯。那些我从小羡慕的"同龄人"，社会压力过早地加在了他们身上，每个人的经历都不同。我是独立的个体，他们却归于集体。那段时间我开始写自己以外的东西，我开始发现更多人的感受。当然，上学这件事最后还是因为各种原因以失败告终，但却让我想到更多的事情：我该怎么书写更多的人，书写更多的事？

我的经历其实很简单，我似乎在往前又一直原地踏步。今晚敲下这些字，我忽然发现其实我需要否定自己。我也经常否定自己，希望能从反复否定中得出一点什么来。

诗刊社公众号 2021 年 5 月 30 日推送

后记

后来的事

文 / 晓 角

这本小书里有我 2019 年至今写的诗，更早的诗也许还有，但是我找不到了。整理书稿时，我怎么也想不起每首诗创作时的时间。我很年轻，却总感觉自己老了。幸好，数年来它们大多记录在一个可以显示创作时间的应用上，这样整理起来便顺利多了。

我明白，诗歌之外的我很平庸，常常为了生活发愁，过着孤单的生活。但这些回忆中或远或近的诗歌标注了我的生命，它们是另一个我。如果说生命中度过的光阴是幻觉，那么写出一首诗的瞬间肯定是真实的，只有快乐与悲伤的瞬间是真的。

除此之外，写诗对我来说和我的"故事"也有关。故事，即为故去之事，诗歌能留住不会故去的事，而现实生活需要我亲自体悟，一直一直走下去，一层一层去体悟。

我总试图讲一个故事,一个只属于我、无法复制的故事。我努力构思故事的主人公,用自己为他添砖加瓦。年复一年,时间消失成了昨天,故事老成了记忆,我还是想把他写出来。因为每一年我在变,关于故事的记忆也在变,他也在变。这几年我独自去了很多地方,寻找学习的机会和出路,日子总有很难的时候,寒冷的车窗里是故事中漂泊的人,他看着我,很久没有写作,他并不嘲笑我。都会过去,什么都会过去,只有故事里那永远在变的人永远和我在一起。

某一时刻,我突然悟到,他其实就是我,我写不出完整的自己所以写不出他,而故事并非是失败的,它用诗歌的方式被我写了出来,并且会一直被我写出来。

今天是个好天气,云朵轰隆隆升起在蓝天,世上的一切都被照亮了,生锈的铁被照亮了,街道的创口被照亮了,我的脸也被照亮了。今天我开心得像等一个晴天等了一辈子。

读完这些诗,村庄正是日落,院子里落了很多被夕阳照暖的麻雀,正低头梳理腹部的羽毛,当我抬起手,它们就像从水里浮起来一样飞起来。

与此同时,我一点一点地褪下自己笨重的躯壳。

2024 年 8 月

图书在版编目（CIP）数据

三天过完十六岁 / 晓角著. -- 北京：作家出版社，2024.9 -- ISBN 978-7-5212-3093-2

Ⅰ. I227

中国国家版本馆CIP数据核字第2024859EM4号

三天过完十六岁

作　　者：晓　角
责任编辑：李　娜
装帧设计：纸方程·于文妍
出版发行：作家出版社有限公司
社　　址：北京农展馆南里10号　　邮　　编：100125
电话传真：86-10-65067186（发行中心）
　　　　　86-10-65004079（总编室）
E-mail:zuojia@zuojia.net.cn
http://www.zuojiachubanshe.com
印　　刷：北京华联印刷有限公司
成品尺寸：130×185
字　　数：78千
印　　张：6.375
版　　次：2024年9月第1版
印　　次：2024年9月第1次印刷
ISBN　978-7-5212-3093-2
定　　价：48.00元

作家版图书，版权所有，侵权必究。
作家版图书，印装错误可随时退换。